Das Fenster der Träume

Eine Liebesgeschichte

nach einer wahren Begebenheit!

Karin Hübner

Das Fenster der Träume !

*Bibliografische Information der Deutschen Nationalbibliothek:
Die Deutsche Nationalbibliothek verzeichnet diese Publikation in
der Deutschen Nationalbibliografie; detaillierte bibliografische
Daten sind im Internet über http://dnb.dnb.de abrufbar.*

© *2018 Karin Hübner*

Illustration: **Karin Hübner**

*Herstellung und Verlag: BoD – Books on Demand, Norder-
stedt*

ISBN: **978-3752804706**

Unter Mithilfe und Überarbeitung von

Michaela Hübner

Lektorin

Eine Liebesgeschichte

nach einer wahren Begebenheit!

Von Erfolgsautorin

Karin Hübner

Es ist kalt und dunkel im Zimmer, Heizung gibt es nicht und trotzdem stehen ich auf, gehe raus aus dem kuschelweichen, schönen und warmen Federbett, ganz leise.

Wir sind vier Mädchen in einem Zimmer und darum mache ich auch kein Licht an, denn wir Mädels schlafen zu zweit in einem Bett und ich will niemand Wecken!

Auch unsere Eltern, die genau unter unserem Zimmer in der Wohnstube sitzen, und wie immer fernsehen, dürfen mich nicht Hören, denn sonst heißt es wieder „ab, sofort ins Bett"!

Aber die Zeit, die ich mir hier abends stehle, um für mich alleine am Fenster zu träumen und dabei in den Sternenhimmel zu schauen, diese Zeit will ich mir auf gar keinen Fall nehmen lassen.
Also nehme ich mir nun eine Wolldecke und tapse barfuß auf dem kalten Boden zum Fenster. Ich klettere zuerst auf den Nachttisch, dann auf die Fensterbank, ziehe leise die Gardine, in der ich mich fast verknotet hätte, leise zur Seite, das ich besser im Schneidersitz sitzen kann.

Ich dreh mich noch einmal um, die Mädels haben mich nicht bemerkt, sie Schlafen friedlich. Gott sei Dank, denn sonst wäre es vorbei mit der schönen Träumerei auf meiner Fensterbank. Das ist so wichtig für mich, es ist das einzige Geheimnis, das habe ich nur für mich und meinen Brieffreund aus Berlin.

Wir Kinder hatten eine sehr strenge Erziehung, ich war die Älteste von sechs Kindern und somit musste ich schon sehr früh Arbeiten. Da meine Eltern mich immer brauchten, hätten sie niemals erlaubt, dass ich einen Freund habe, und sei es auch nur ein Brieffreund.
Das hätte dann bedeutet, dass ich Zeit für mich haben wollte, und das ging ja gar nicht!

Ich hatte mich endlich in meine Decke eingehüllt, saß auf der Fensterbank und hatte das absolute, tolle Erlebnis, wie immer für mich!
Ich sehe mir den Mond, der nur halb zusehen ist, und den Sternenhimmel an, stelle mir dabei vor, wie mein Brieffreund in Berlin das selbe tut.

Bei diesem Gedanken, dass wir zur gleichen Zeit das selbe sehen, verursacht ein deutliches Kribbeln in der Magengegend.

Wir machen manchmal per Brief einen bestimmten Zeitpunkt aus, sodass wir gleichzeitig in die Sterne sehen.
Obwohl ich ihn noch nie gesehen habe, fühle ich mich in dem Moment sehr nahe!
Sein Bild habe ich jetzt endlich und somit weiß ich jetzt wenigstens, wie er aussieht. Als ich das Bild bekam, glaubte nicht meinen Augen nicht zu trauen:ich hatte einen Traum und habe im Traum schon sein Bild gesehen!

Während ich so vor mich hinträume, kamen mir Gedanken, wie schwierig es doch war, das Ganze geheim zu halten; die Briefe aus Berlin gehen zu meiner Freundin und meine Briefe an ihn schickt für mich Lisa ab.

Ich habe immer Bauchschmerzen gehabt, wenn der Postbote vorbei fuhr und ich daran dachte, dass hoffentlich die Eltern nichts mitbekamen.

Ach, war ich immer glücklich, wenn ich auf der Fensterbank saß und an ihn dachte! Auch an Berlin, wo er ja wohnt, ich konnte mir so eine Großstadt sehr gut vorstellen, nur was ich so im Fernsehen mitbekam.

Der Gedanke an Berlin verursachte ein Kribbeln, hatte natürlich mit dem Dorf, in dem ich wohnte, nichts zu tun.

ich denke an die vielen bunten Lichter am Abend, die Geschäfte, die großen Busse, die vielen Autos, Kinos, Eisdielen, und so weiter, hier im Dorf war buchstäblich nichts.

Irgendwann möchte ich so gern in die große Stadt, habe richtig Sehnsucht nach dem Großstadtrummel.

Ob ich wohl jemals dorthin komme??

Ich möchte so gerne mit meinem Brieffreund durch die belebten und bunt beleuchteten Straßen schlendern! In meinen Träumen mache ich es schon. Im nächsten Brief werde ich ihm Schreiben, was ich heute an meinem Fenster so träumte, mal sehen, was er dazu sagt.

Außerdem müssten wir wieder einen Termin machen zum gemeinsamen „Sterne schauen"! Darauf freue ich mich schon riesig, hoffentlich bleibt alles weiter unentdeckt.

Trotz der Wolldecke, in die ich mich eingewickelt hatte, habe ich jetzt „Eisfüße". Es ist Januar und somit schneite es ganz schön, gerade denke ich, dass ich den Berliner Brieffreund nun schon ein halbes Jahr kenne!

Mit dem Gedanken krabbel ich wieder ins Bett zurück und schlafe glücklich und zufrieden ein!

In dieser Nacht träume ich intensiv von großen Straßen, vielen Lichtern, und bei mir ist mein Brieffreund, den ich ja noch nie gesehen habe. Der Traum war so schön.

Als ich am nächsten Morgen aufwachte, blinzelte ich zu „meinem" Fenster, und sehe, dass es zugefroren ist und die Eisblumen glitzern. Das lädt mich gleich wieder zum Träumen ein, aber der Tag fängt an und es wartet wieder viel Arbeit auf mich.

Als ich nach unten in die Küche komme, war natürlich noch niemand auf. Wie immer musste ich erst mal den Ofen anheizen, und Teewasser für Mutti aufsetzen, bevor ich in das kalte Bad ging, um mir den „Schlaf" aus den Augen zu waschen.

Ich war also immer die erste die Aufstand und machte dann immer schon alles fertig wie Schulbrote, Frühstück und Tee für Mutti. Danach weckte ich sie alle!

Ich war die Älteste und hatte ganz schön zu tun, wie eine Erwachsene, obwohl ich erst 15 Jahre war, und das ganze nicht erst seit jetzt!

Nach dem Frühstück hieß es Kinder fertigmachen für die Schule, Haus sauber, (aber SAUBER), es musste der Kontrolle von Mutti Standhalten, denn gegen sie war ein Feldwebel nichts und das Ganze auch noch nach Zeit!

Z.B. Mittagessen Kochen, Mutti danach Mittagsschlaf, ich in die Küche zum Sauber machen. Zwischendurch kam noch der Lebensmittel Hausverkauf dazu, war ein kleines Geschäft für uns bzw. für die Eltern.

Wir verkauften an der Tür Süßigkeiten, Eis, Brause und Bier!

Bei der Gelegenheit konnte ich immer kurz mit Wilfried, meinem eigentlichen Verehrer, von dem ich aber nichts wollte, sprechen. Ich ärgerte ihn hin und wieder mit dem „Berliner"!

Trotzdem musste ich ein bisschen aufpassen, weil seine Schwester meine beste Freundin war und sie und ihre Mutter für mich oft Post abschicken und annehmen. Insgeheim würde meine Freundin es toll finden, wenn ich mit ihrem Bruder zusammenkäme!

Und Wilfried ließ auch keine Situation aus, ohne um mich zu werben.

Obwohl ich den „Berliner" noch nie gesehen habe, kribbelte es bei mir, wenn ich wieder einen Brief in der Hand hielt, obwohl ich wusste, dass das albern war.

Und somit war Wilfrieds Bemühen ergebnislos, ein bisschen Leid tat er mir schon, aber ich wollte nur meinen Berliner!

Das merkte dann auch irgendwann Wilfried und ist doch tatsächlich für ein paar Wochen nach Berlin gezogen, nur um mir auch aus Berlin kleine Geschenke und Briefe zu schicken.
Das war natürlich total süß, aber er war eben nicht „mein Berliner"!

*****

Endlich war der Tag wieder zu Ende und ich konnte mich wieder meinen Tagträumen widmen und am Fenster sitzen.

Auch da hatte ich einen Verehrer, der immer am Fenster stand und mich runter winkte. Das hat mich genervt, erstens fand ich den eklig und zu alt, zweitens störte er mich immer beim Träumen und drittens bestand die Gefahr, dass die Eltern genau unter mir das sehen und somit wäre ich aufgeflogen! Endlich ging er weiter, weil ich ihn lange genug ignoriert hatte.

Heute dachte ich darüber nach, wie das mit der Brieffreundschaft anfing.

Ich weiß nicht, warum mir das gerade durch den Kopf ging.

>*Eine meiner Schwestern kam vom Einkaufen zurück und nahm mich zur Seite, damit die Eltern nichts mitbekommen, sagte dann zu mir, sie habe etwas für mich gefunden. Das hörte sich spannend an und wir gingen vor die Tür.*

*Draußen angekommen, gab sie mir einen Rosa Zettel
und erzählte, sie habe herausbekommen, dass man den
Zettel mit seinen Daten ausfüllt und ihn dann an die
Brausefirma „Sinalco" schickt, die das werbemäßig
macht.*

*Also, Mädchen sollen ihn ausgefüllt einschicken, und
Jungs würden einen blauen Zettel ausfüllen. Sinalco
tauscht dann die Zettel, wie auch immer, durcheinander
und schickte dann irgendein Rosa Zettel an einen der
Blauen Adressen.*
*Ich bekam somit dann den ersten Brief von Sinalco, mit
dem blauen Zettel des Jungen, wo alle Daten drauf
standen. Gleichzeitig hatte er auch schon einen Brief geschrieben; so fing alles an!!<*

Das Datum, als der erste Brief kam, werde ich
nie vergessen können, es war genau auf dem
Geburtstag meiner Mutter, 21.06.1969 !
Gott sei Dank waren die Eltern dadurch abge-
lenkt und haben nicht auf die Post geachtet.

Von nun an bekam ich buchstäblich Magenschmerzen, wenn ich den Postboten sah, einerseits aus Freude, andererseits aus Angst, Mutti
würde das merken.

Mir war schon klar, dass sie das Unterbinden würde. Schließlich war ich erst 15 und der Berliner 19, somit hat meine Freundin und ihre Mutter mir angeboten, die Post über sie laufen zu lassen.

Wir hatten das schon vorher mit meiner Oma aus dem Osten auch so gemacht, weil die Eltern nicht wissen durften, dass Oma und ich Kontakt hatten.

*****

So verging tagein tagaus und ich hatte eigentlich das erste Mal im Leben etwas für mich, worauf ich mich immer freuen konnte.

Heute ist wieder ein Brief angekommen. Meine Freundin hatte Alibi mäßig etwas an der Haustür bei uns eingekauft, in der Hoffnung, dass ich an die Tür komme.

Denn zu 90 % machte ich ja den Hausverkauf und bei meinem Glück konnte es schon mal passieren, dass einer der Eltern an die Tür ging. Gerade so als arbeiten sie was, aber ist ja wieder einmal alles gut gegangen.

Da ich wie eine alte Frau immer eine Kittelschürze tragen musste, konnte ich den Brief
schnell in die Tasche stecken, immer in der
Hoffnung, dass es niemand merkt!

An diesem Abend, als ich es mir gerade gemütlich machen wollte auf meiner Fensterbank,
wachte die kleinste Schwester auf und weinte,
weil sie ihren Nuckel verloren hatte.
Sofort bekam ich Bauchschmerzen, bei dem
Gedanken, Mutti oder Vati kommen hoch und
mein Abend hat sich erst mal erledigt. Also hab
ich die Kleine sofort getröstet und den Nucki
gesucht, so leise es nur ging, damit nicht auch
noch die anderen wach werden.

Von unten, an der Treppe, rief Mutti hoch „ist
alles in Ordnung"? Ich sofort zurück „alles gut,
ich hab den Nucki schon gefunden". „OK, und
nun schlaft schön". „Ja, machen wir"
Erst mal ging ich noch mal ins Bett und wartete, bis die Kleine wieder einschlief.
Als sie letztlich eingeschlafen war, nahm ich
wieder meine Decke und schlich mich wieder
auf meine Fensterbank.

Puh, das war ja wieder ein Tag, ich hatte wieder so viel zu tun, das ich den ganzen Tag nicht eine Minute an meinen Brieffreund denken konnte.

Heute hatte ich einen Brief aus der Schule bekommen, der mich ziemlich traurig gemacht hat, weil ich kaum im letzten Jahr in der Schule war. Ich musste ja zu Hause Helfen, auch wenn ich zur Schule gehen wollte, ich durfte nicht!

Damals hat das niemand interessiert, was mit mir war, ich musste Muttis Heimarbeit mitmachen, „Krabben Pulen", Haus putzen, mich um Geschwister kümmern. Jedenfalls stand in dem Brief wörtlich :*"...mit dem heutigen Tag sind sie aus dem Schulsystem entlassen"*!

Ohne Zeugnis, einfach nur ein Zettel, was sollten sie auch bewerten, wenn ich nie dort war?

Ich saß auf meiner Fensterbank und überlegte, ob ich das Burkhardt Schreiben sollte, ich überlegte deswegen, weil ich mich schämte und er bestimmt dann denkt, dass ich „Dumm" bin!

Ich schaute in den klaren Sternenhimmel und wusste gerade nicht, wie alles weitergehen sollte, wie lange sollte ich noch zu Hause bleiben, wie und was soll und kann ich beruflich lernen? Mutti interessiert das nicht, sie interessiert nur, dass ICH funktioniere!

Kaum zu glauben, ich hab sie trotzdem lieb, obwohl ich mich schon ziemlich einsam fühle.
Ich bin jetzt entschlossen, das alles zu schreiben, und, mal sehen, was mein Brieffreund dazu sagt, vielleicht kann er mir ja etwas raten, jedenfalls schreibe ich es mir von der Seele.
Die Gedanken waren gerade so negativ, dass ich keine Lust mehr hatte, am Fenster zu sitzen und ging ins Bett, damit ich nicht mehr nachdenken muss!

Ich schlief natürlich dementsprechend schlecht, und als ich aufwachte, war ich ziemlich mies gelaunt. Nun ging der Tag schon wieder los mit Arbeit, Arbeit, Arbeit. Ja, das ist normal, aber ich empfand, dass ich mit 15 Jahren noch nicht so viel tun müsste, ich kannte niemand, der mir sonst helfen konnte.
Egal, auf ewig wird es ja wohl nicht so sein!

*****

Nun schreiben wir uns schon so lange, dass wir glaubten, uns schon ewig zu kennen, obwohl wir uns noch nie gesehen haben.

Mittlerweile hab ich meine täglichen Sorgen Burkhardt geschrieben, und er hatte sehr viel Verständnis für mich. Das tat mir sehr gut, aber er hat mir auch sein Herz ausgeschüttet und dabei schrieb er mir auch, dass er ein Handicap hat und glaubt, dass ich ihn nicht mehr mag, wenn ich weiß, was es ist!

Mehrmals musste ich ihm schreiben, dass er mir sagen soll, was es ist. Ich würde genau so zu ihm halten, wie er zu mir, und dann schrieb er, dass er stottert!

Ach man, ich fand das überhaupt nicht schlimm und schrieb ihm das auch, und es gäbe keinen Grund, ihn deswegen nicht zu mögen!

Das ging mit uns so Monat für Monat und eines Tages merkte ich, das schon ziemlich lange kein Brief mehr kam. Meine Freundin wunderte sich auch, also schrieb ich wieder und fragte, warum kein Brief mehr kam, ob er mich nicht mehr mag?

Kurze Zeit später kam auch gleich die Antwort, und ich glaubte meinen Augen nicht zu trauen, als ich las, was in den letzten Briefen stand. Ich konnte es mir überhaupt nicht erklären, somit gingen wir beide davon aus, dass die Post schuld war!
Ich war ziemlich erleichtert, dass Burkhard nicht Schluss gemacht hat.

Eines Tages passierte es, dass mein Bruder, wie so oft wieder mal, Spaß daran fand, mich zu ärgern und sagte dabei etwas zu mir, was mich aufhorchen ließ.
Er sagte mitten im Streit zwischen ihm und mir *„du kriegst ja keinen andern Jungen ab, musst ja einen nehmen der stottert"!*
Mutti und Vati standen daneben und sagten dazu nichts, was mich wunderte. Als die Eltern weg waren, stellte ich meinen Bruder zur Rede und er erzählte, er habe gehört, wie sich die Eltern unterhalten haben.
Sie haben zwei Briefe aus Berlin vom Postboten angenommen, die an mich adressiert waren, und haben daraus entnommen, dass der Berliner stottert.

Jetzt war mir alles klar. Später habe ich beim Saubermachen die Briefe in der Schublade der Eltern gefunden. Von nun an war mein Geheimnis aufgeflogen und alle machten sich lustig über mich.

Das tat mir so weh, aber es interessiert ja niemanden, ich war ja sowieso das schwarze Schaf. Außerdem musste ich von nun an Angst haben, dass irgendein Brief mal nicht bei mir ankommt!
Der Vorteil war, ich brauchte die Post nicht mehr über meine Freundin gehen lassen.

Nun schrieben wir uns schon ein Jahr und hatten beide das Gefühl, obwohl wir uns noch nie gesehen haben, dass wir uns lieben!
Dass wir uns noch nie gesehen haben, hat sich dann schnell geändert, weil er mir schrieb, dass es mich besuchen will am Wochenende!

Als ich das Datum las und das schon dieses Wochenende sein wird, war ich völlig aus dem Häuschen.

Mutti merkte sofort, dass mit mir etwas nicht stimmt, als ich ihr erzählte warum. Dann gab sie mir unerwartet einen Tipp , wo er übernachten könnte, nämlich in der Gaststätte bei uns im Dorf. Das wollte ich ihm natürlich gleich mitteilen, weil er mir auch schrieb, dass er erst Vorort sehen muss, wo er schläft. Denn es war klar, dass er nicht bei uns schläft, das war ihm auch klar!

Als ich mit Mutti darüber sprach, (was mich sehr wunderte, dass ich mit ihr überhaupt darüber Sprechen konnte), gab sie mir die Erlaubnis ihn anzurufen, was ein Abenteuer an sich war, weil wir ja gar kein Telefon hatten! Also sagte Mutti, ich kann in der Gaststätte, in der er schlafen konnte, auch das Telefon benutzen. Mein Herz machte Überschläge vor Aufregung, dass ich bald seine Stimme zum ersten Mal hören werde, und kurze Zeit ihn auch noch Sehen! Ich glaubte, vor Aufregung ohnmächtig zu werden.

Die Telefonnummer hatte ich ja noch vom Beginn unserer Brieffreundschaft, und nun rannte ich, so schnell ich konnte, zum Gasthof in unserem Dorf und rief ihn an.

Als ich seine Stimme hörte, setzte mein Herz mal kurz aus, ich wusste vor Aufregung gar nicht mehr, was ich eigentlich sagen wollte, und musste mich erst mal kurz sammeln.
Das war schon sehr, sehr schwierig, denn mein Herz setzte aus, mein Verstand auch, gleich bleibt auch noch meine Stimme weg.

Zu guter Letzt hab ich es gerade so auf die Reihe bekommen und ihm gesagt, dass er hier im Gasthof übernachten kann, und gleich, wenn wir fertig sind, mit dem Gastwirt alles klären können.

Nachdem wir uns gegenseitig sagten, dass wir uns riesig freuen, endlich zu sehen, beendeten wir das Telefonat. Auf dem Heimweg war ich so beschwingt wie noch nie!

*****

Der Tag war da! Oh mein Gott, wie sollte ich mich bloß verhalten? Ich war völlig wirr im Kopf und ich dachte nur noch, „hoffentlich ist er nicht enttäuscht von mir und ich blamiere mich nicht". Den ganzen Tag konnte ich an nichts anderes mehr denken.

Es klingelte an der Tür, oh man, wie kann man nur so schwitzen?
Meine Hände zitterten, mein Herz schlug Purzelbäume und im Hintergrund machte sich meine Familie lustig über mich. Einerseits, und andererseits waren die Eltern so wie die Geschwister unglaublich neugierig.

Ich machte die Tür also auf und mich traf der Blitz! Das nennt man dann wohl „Liebe auf den ersten Blick"!
Um unsere Unsicherheit, die augenscheinlich auch bei ihm war, zu verbergen, taten wir beide so, als kennen wir uns schon ewig, was ja halbwegs auch stimmte, zumindest brieflich.
Er war so groß, sah so toll aus, ich konnte mein Glück kaum fassen!

Nachdem meine Familie ihn begrüßt hatte, bekam ich die Erlaubnis, was ein absolutes Wunder war, mit ihm „raus" zu gehen.

Man war das aufregend. Ich war 16 und er 20, das war für mich schon „urig alt"!

Als wir nun raus kamen, stand da sein Auto, ein Opel Rekord und am Steuer saß ein anderer junger Mann. Ich fragte Burkhard, wer das ist? Er sagte, dass er seinen Freund mitgebracht hat, damit er nicht fahren muss und wir für uns mehr Zeit hätten.

Der Freund begrüßte mich und wir stiegen ein.

Ich natürlich hinten und dachte dabei, dass Burkhard vorne sitzt,.denkste, er stieg mit hinten ein und ich war völlig fertig, ihn so dicht neben mir zu spüren!

Wir machten dann, das wir in die nächste Stadt kamen, um dort Kaffee Trinken zu gehen, denn wir hatten uns ja so viel zu erzählen.

Beim Fahren sah ich, wie einige Nachbarn hinter uns herschauten, es war etwas Besonderes, in meinem Dorf ein Berliner Auto zu sehen, das war zu der Zeit richtig exotisch!

Ich war mächtig stolz, mit meinem „Berliner" im Auto zu sitzen. Dazu erklärte ich Reiner, so hieß sein Freund, wie er in die Stadt kommt, und nun konnten wir uns endlich ein bisschen Unterhalten.

Doch, eine Unterhaltung kam noch nicht zustande. Als Burkhard sah, dass Reiner konzentriert fuhr, rückte er gaaanz nah und dicht an mich heran und legte seinen Arm um mich. Eigentlich dachte ich, so heiß, wie mir war, mehr ging nicht, aber als sich sein Arm um mich legte, merkte ich, doch, es ging noch heißer.......!

Als er merkte, dass ich nicht abgeneigt war, fingen wir an, uns zu küssen. Gott sei Dank hatte ich vorher schon mal mit meinem ersten Freund geübt, somit habe ich mich nicht ganz so doof angestellt.
Wir, eigentlich er, hörten nicht auf, uns ununterbrochen zu küssen, ich glaubte, langsam löse ich mich in Luft auf, denn so leicht fühlte ich mich in seinem Arm. So etwas hatte ich bis jetzt noch nie gefühlt!

Wir kamen im Café an und nun konnten wir uns wirklich, endlich mal Unterhalten.

Burkhardt war zwei Tage da und die Zwei fuhren dann wieder am Sonntag nach Berlin, weil sie am Montag arbeiten mussten.
Das erste Mal in meinem Leben durfte ich diese zwei Tage auch nur mit Burkhard verbringen.

Der Abschied war für mich ganz schlimm, so etwas hatte ich noch nie erlebt, und mir war völlig klar, „ich habe mich in ihn verliebt", so richtig, mit Bauch kribbeln und Herzrasen!

Aber nun hatte ich ein bisschen Angst, was er wohl das nächste mal schreibt, vielleicht gefalle ich ihm ja nicht so wie er mir!

Am Abend, als er wieder weg war, die Geschwister schliefen, setzte ich mich wie immer an mein Fenster, und ließ alles noch einmal Revue passieren. Und wenn ich an die Küsse dachte, wurde mir wieder ganz heiß!

Mit einem Lächeln ging ich schlafen und träumte die ganze Nacht von diesen zwei Tagen. Jetzt wartete ich ganz gespannt auf den nächsten Brief!

Nach dieser schönen Zeit und der schönen Nacht, fing der Tag wiedereinmal richtig blöde an. Es war noch nicht ganz hell, da schreckte ich aus dem Tiefschlaf hoch, weil Mutti von unten die Treppe hoch meinen Namen brüllte, was schon wieder bedeutete: sie hat schlechte Laune, warum auch immer.

Das konnte ja nur wieder ein schrecklicher Tag werden. Und das sollte erst der Anfang von einer Mobbingserie werden. Bei jeder Gelegenheit haben die Geschwister sowie die Eltern mich damit aufgezogen, ich bekäme ja keinen Besseren ab und darum musste ich ja einen Stotterer nehmen.

Jedes Mal, wenn sie mich ärgern wollten, stotterten sie!

Ich war traurig und wütend zugleich und versuchte alles weiter hinter ihrem Rücken zu machen, außer, eine meiner Schwestern, die mir auch die Sinalco Geschichte mitgebracht hatte.

Mit ihr konnte ich alles Teilen, oft lagen wir im Bett unter der Decke und unterhielten uns angeregt über „meinen Berliner".

An diesem Tag versuchte ich einfach nur meine Arbeit zu machen. Im Stillen habe ich mich in Burkhards Arme gewünscht, mir wurde langsam klar, dass ich nach Berlin möchte, weg von der Familie!

*****

Die Tage, Wochen und Monate vergingen. Trotz der kurzen persönlichen Zeit waren wir ineinander verliebt, der erste Brief nach unserem Treffen war so wunderschön, weil er mir gestand, dass es ihm genauso ging wie mir. Er war positiv überrascht und hatte das gleiche Kribbeln im Bauch wie ich. Ich war überglücklich.

Mittlerweile hatte ich in Schubladen, wo ich sonst nicht reingehe, die Briefe gefunden, die ich nie bekam. Das hieß doch, dass die Eltern sie vor mir versteckt hatten, was noch schlimmer war, sie hatten sie alle gelesen! Ich war so enttäuscht, aber es sah ihnen ähnlich. Ich war nun mal das schwarze Schaf. Punkt.
Im nächsten Brief stand etwas drin, was mein Herz Purzelbäume schlagen ließ. Burkhard schrieb, er habe sich entschlossen, zu mir zu ziehen und sich hier eine Wohnung und Arbeit zu suchen!

Ich war total glücklich und musste mir nun überlegen, wie ich es den Eltern sage, denn eines war aber schon klar, das gibt Stress.

Aber egal, ich freute mich ganz doll und konnte es kaum erwarten, da nahm ich den Ärger in kauf.

Lange hielt die Freude aber nicht an. Gerade als ich mich entschloss, in die Höhle des Löwen zu gehen und den Eltern sagen wollte, dass Burkhard zu mir zieht, bekam ich einen Brief, worin er mir mitteilte, dass er das Herziehen erst mal auf unbestimmte Zeit verschieben müsste!

Also, so wie ich mich gefreut hatte, so enttäuscht war ich auf einmal. Bevor ich in Tränen ausbrach, las ich erst mal weiter, und was ich da las, war ich erst mal beschwichtigt.
Burkhardt fragte mich, ob ich einverstanden wäre, dass er erst einmal in ein paar Wochen zu mir käme und er sich mit mir verloben würde.
Ich wollte natürlich gleich ja sagen, hatte aber im Hinterkopf den Gedanken, er könnte wieder absagen.

In den nächsten Briefen schrieb er mir einen Termin, wann er kommt und wollte auch seine Mutter mitbringen zu unserer Verlobung.

Jetzt war ich überzeugt, dass er es dieses Mal war werden lässt, wenn er schon seine Mutter mitbringen will!

Nun, völlig aus dem Häuschen, erzählte ich es meiner Schwester und meiner Freundin.

Ihr Bruder, der ja in mich verliebt war und extra kurz nach Berlin zog, um mich zu beeindrucken, hat das natürlich gehört und war tief betroffen. Das tat mir schon leid, aber ich war nun mal in meinen echten Berliner verliebt!

Nachdem ich mich ein bisschen beruhigt hatte und mein Herzschlag wieder die Normalstufe erreichte, suchte ich den richtigen Zeitpunkt, um es Mutti zu sagen.

Dann war der Tag da, und ich konnte es kaum fassen, aber Mutti unterhielt sich mit mir, wie mit einer Erwachsenen!

Sie gab mir natürlich, typisch Mamas, erst einmal einiges zu bedenken, zum Beispiel, dass ich erst 16 und er schon 20 ist, und ich ja auch nicht wüsste, ob er nicht in Berlin schon eine Freundin hat und mich nur „veräppelt".

Doch damit konnte sie mich nicht erschrecken und ich bat sie, mir zu glauben und ich ihm vertraue!

Woher ich dieses Vertrauen nahm, weiß ich nicht. „Bauch"! Schließlich stimmte sie zu, und wenn Mutti ja sagte, hatte Vati sowieso nichts zu sagen. Immerhin war er ja „nur" mein Stiefvater.

Nun konnte ich Burkhard schreiben, alles gut, die Eltern sind einverstanden.

Die Tage vergingen furchtbar langsam, ich tat meine Hausarbeit besonders gut, um Mutti ja nicht zu verärgern.

Ich hatte natürlich immer Angst, sie sagt doch noch Nein, denn man muss bedenken, dass zu dieser Zeit man erst mit 21 Jahren volljährig war, und davon war ich mit 16 natürlich meilenweit entfernt!

Inzwischen hatten wir mit unserem Gasthof im Dorf ein Abkommen, dass wir ab und zu, also ich, telefonieren können, und wenn „Berlin" anruft, schnell jemand zu uns nach Hause kommt und mich holt.

Burkhard hat dann einfach 10 Minuten später noch einmal angerufen, denn seine Eltern hatten, im Gegensatz zu uns, ein Telefon!

So ging es schneller, Termine auszumachen, als mit Briefen. Diese schrieben wir aber trotzdem weiter, denn ich durfte nur in bestimmten Fällen anrufen oder angerufen werden.
Jetzt gab mir Burkhard den genauen Termin durch und wir freuten uns beide riesig, denn auch seine Mutter kennenzulernen fand ich richtig aufregend.
Zu meiner Überraschung plante Mutti nun mit mir die Verlobungsfeier und wir suchten gemeinsam ein passendes Kleid raus.

Wir telefonierten noch einmal und am nächsten Tag war es dann so weit. Wann er genau kommt, konnte er nicht sagen, weil er ja mit dem Auto kam und als Berliner durch die „Ostzone" fahren musste. Niemand wusste damals, was den „Vopos"(Volkspolizei der ehem. DDR) einfiel, um die Leute, die durchfahren mussten, zu ärgern, vor allem Berliner!

Er sagte, er wäre nach seiner Rechnung am Samstag gegen 14 Uhr bei mir. Dann hätten wir den Sonntag und Montag, und seine Mama und er brauchen erst am Mittwoch wieder Arbeiten.

An diesem Abend war meine Zeit am Fenster so aufregend, ich sah in den Sternenhimmel und träumte mit offenen Augen von dem morgigen Tag. Ich malte mir in allen Einzelheiten die Verlobung am Sonntag aus.

Ich dachte an seine Mama, wie sie wohl sein mag, und ob sie mit mir als Verlobte für ihren Sohn einverstanden ist.

Obwohl, wäre sie es nicht, würde sie ja gar nicht mitkommen. Burkhard hat ihr ja von mit erzählt und Bilder gezeigt, trotzdem war es aufregend.

Mutti hatte schon Kuchen gebacken, ich hab ihr geholfen. Sie hat schon immer leckere Kuchen gebacken. Zu meinem Erstaunen wurde der erste Kuchen nicht so richtig, das war ja nicht so schlimm, dachte ich, der schmeckt sicher trotzdem.

Aber was Mutti dann sagte, ging mir durch Mark und Bein.

Sie sagte nämlich: „*Wenn der Verlobungskuchen nichts wird, wird aus der Verlobung nichts!*"

In diesem Moment wurde mir zwar heiß und kalt, andererseits war ich aber fest davon überzeugt, dass das auf uns nicht zutrifft.

Dieser Satz sollte mich am Samstag noch zu Weinen bringen!

Jetzt vergaß ich erst mal den Kuchen und ging mit Vorfreude auf morgen in mein Bett und schlief auch sofort glücklich ein.

Ich wachte am Samstag auf, ohne das Mutti mich wecken musste, war sofort hellwach und sprintete nach unten in die Küche, um wie immer meine Aufgaben zu erledigen.

Unter anderem für die Eltern Tee zu machen und heute ausnahmsweise sie zu wecken, was sie auch prompt überraschte!

Als die Geschwister gefrühstückt hatten, gewaschen und angezogen waren, machte ich im Schnellgang das Haus sauber, denn wir wollten ja die Stube schön machen für die Feier. Das war für mich etwas, was ich nicht ganz fassen konnte.

Für mich wurde noch nie solch ein Aufstand veranstaltet!

Alles war erledigt und ich durfte mich umziehen, von der Kittelschürze in ein schwarzes Kleid mit weißen Blümchen und weißen Kragen.

So, nun war alles fertig, jetzt konnten sie kommen. Sein Freund kam auch wieder mit, weil er dann die Strecke nicht allein fahren musste und somit auch nicht so müde ankam!

Jedes Mal, wenn es an der Tür klingelte, rannte ich zur Tür und war immer enttäuscht, wenn es nicht Burkhard war

Mutti sagte dann, sie macht einen Mittagsschlaf, und wenn der Besuch kommt, solle ich sie wecken. Ab jetzt pendelte ich zwischen Haustür und Straße hin und her, um ja nichts zu verpassen.

Jetzt war es schon 16 Uhr und sie waren immer noch nicht zu sehen, Mutti war alleine aufgewacht und auch erstaunt, dass noch niemand da war. Zwei Stunden später sagte Mutti zu mir, ich soll zum Gasthof laufen und in Berlin anrufen, ob sie überhaupt abgefahren sind und wenn ja, wann!

Ich lief so schnell ich konnte seinen Vater anzurufen, der ja in Berlin geblieben ist.

Ich dem Gasthof angekommen rief ich sofort an und war froh, dass die Eltern von Burkhard schon ein Telefon hatten, und das Gott sei Dank Burkhards Vater auch gleich ran ging!

Auf meine Frage, ob und wann die Drei abgefahren sind, war der Vater einen Moment sprachlos, und dann fragte er aufgeregt *„wie, die sind noch nicht da? Die sind heute Früh um 5 Uhr losgefahren, damit sie auch früh genug bei Euch sind"!*

Nun machte er sich auch Sorgen, das etwas passiert sein müsste. Mir standen die Haare zu berge, keiner konnte etwas machen, Handys gab es noch nicht.

Der Papa und ich machten aus, dass ich in einer Stunde wieder anrufen soll, so oder so!

Zu Hause angekommen, erzählte ich es Mutti ganz aufgeregt und sie gab zu bedenken, dass der Vater von Burkhard es einfach nicht sagen wollte, dass er gar nicht losgefahren ist. Ich konnte es nicht glauben.

Und nun kam mir prompt der misslungene Kuchen und Muttis Spruch dazu in den Kopf!
Nein, ich wollte nicht glauben, dass er mich so enttäuschen würde.

Jetzt hätte ich schon gerne von Mutti Trost, aber ich hatte ja statt dessen das Gefühl, dass sie denkt „*das hätte ich dir gleich sagen können..*" das war typisch.

Nun war es schon Abend und wir haben nichts gehört. Mutti erlaubte mir noch einmal zu telefonieren und ich ging zum Gasthof.
Als ich Burkhards Vater am Apparat hatte, war er völlig aufgelöst, und erzählte mir, dass er alle infrage kommenden Krankenhäuser angerufen habe und nichts erfahren. Einerseits gut, aber wo waren sie??

Aufgrund der Reaktion von seinem Papa war mir klar, er lügt nicht, er machte sich auch große Sorgen. Schon alleine deswegen, weil in der „Ostzone" alles Mögliche hätte passieren können, ohne dass man von irgendjemand Auskunft bekam.

Wir verabredeten, gleich am nächsten Morgen wieder zu telefonieren.

Auf dem Weg nach Hause ging es mir richtig schlecht! Als ich ankam, stand Mutti angezogen zum Weggehen vor der Tür, ich dachte für mich, „Gott sei Dank muss ich nicht mit ihr reden". Falsch gedacht, sie kam auf mich zu und sagte *„komm Kind, lass uns ein Stück spazieren gehen"*.
Schlagartig bekam ich Magenschmerzen, weil sie das noch nie gemacht hat.

Als Mutti fragte, was der Papa von Burkhard gesagt hat, erzählte ich ihr von unserem Gespräch und was er in Erfahrung gebracht hat, nichts! Mutti hörte mir zu, und als ich fertig war, sagte sie, ich erzähle dir mal etwas.

Während wir unter dem Sternenhimmel spazieren gingen, erzählte sie mir ein Erlebnis, was sie mit meinem Vater hatte (den ich übrigens nie kennengelernt habe).

Als sie mit mir schwanger war, erzählte sie, hatte er versprochen, wenn sie im Zug sitzt auf den Weg in ein Flüchtlingslager (die gab es noch bis 1953, dort wo wir wohnten), wollte mein Vater den Dienst bei der damaligen „Volkspolizei in der DDR" Quittieren und dann einfach zusteigen!
Sie hat ihn so geliebt und ihm blind vertraut! Er kam nie in den Zug, der fuhr mit ihr allein! Sie hat ihn nie wiedergesehen, erzählte sie mir jetzt.

Nachdem sie mir das erzählt hatte, war Schweigen zwischen uns. Jeder ging seinen Gedanken nach.
Unendlich traurig über das, was sie mir erzählte, aber auch unendlich traurig bei dem Gedanken, was sie mir damit sagen wollte.

Plötzlich blieb sie stehen und nahm mich in den Arm und sagte zu mir „*sei nicht traurig, dann sollte es nicht sein*".
Ich wolle es einfach nicht glauben, und doch schien Mutti Recht zu haben. Wieder viel mir der Kuchen ein.

Auf dem Nachhauseweg war der Himmel noch dunkler als sonst, zumindest kam es mir so vor unter dem Tränenschleier. Aber erstmals fühlte ich mich von Mutti verstanden.

Kurz bevor wir zu Hause ankamen, sah ich plötzlich eine Sternschnuppe und ohne nachzudenken, wünschte ich mir Burkhard her, obwohl mir auf einmal klar wurde, er kommt nicht!

Ich dachte an dem Abend an meinem Fenster neben Burkhard auch an die Geschichte von meinem Vater und meiner Mutter, sie tat mir sehr leid. Ich konnte sie jetzt so gut verstehen und sie war auch noch schwanger mit 17. Ich merkte, trotz meines Kummers, sie ist noch immer darüber traurig, obwohl sie mit meinem Stiefvater verheiratet war und mit ihm weitere 5 Kinder hatte.

Endlich ging ich in mein Bett, bis jetzt immer noch in Erwartung, etwas von Burkhard zu hören! Weinend schaukelte ich mich in den Schlaf.

Am nächsten Morgen hatte ich so verschlafen und verweinte Augen, dass ich sie kaum auf bekam, und das Erste was ich dachte war, dass Burkhard nicht gekommen ist.

Ich musste mir Mühe geben, nicht gleich wieder zu heulen.

Als ich fertig war und in die Küche kam, um, wie ein Roboter meine Arbeit anfangen wollte, traute ich meinen Augen nicht. Mutti saß schon mit einer Tasse Tee in der Küche, und was noch erstaunlicher war, sie fragte mich, ob ich auch einen Tee möchte! Zaghaft sagte ich ja und war gespannt, was jetzt kommt, denn das macht sie nicht einfach so!

Mutti fragte mich dann, wie es mir geht, (wieder so ein „Wunder", das hatte sie noch nie gefragt), ich sagte daraufhin, dass ich das alles nicht verstehe und die halbe Nacht geweint habe.

Mutti schaute mich an, trank andächtig einen Schluck Tee und ich hatte das Gefühl, sie lächelt ganz leicht, was ich in dem Moment nicht witzig fand.

Als wir unsere Tasse Tee ausgetrunken hatten, sagte sie zu mir „*komm mal bitte mit*". Erstaunt, was das nun wieder werden sollte, lief ich hinter ihr her.

Sie ging zur Außentür und machte diese wortlos auf, ich trat neben sie und schaute raus auf die Straße, was sie mir wohl zeigen wollte?

Ich blickte genau die Straße entlang, es war noch nicht ganz hell, und ich dachte , das ist ein Traum und wache gleich wieder auf.
Nein, nein, nein, ich glaube es nicht, wirklich, ich schaute Mutti an, die immer noch neben mir stand und grinste wie ein Honigkuchenpferd. Jetzt wusste ich auch, warum, denn sie hatte etwas schon vor mir gesehen:
Ein Auto stand vor unserer Tür, ein Berliner Auto, mit drei schlafenden Menschen drin, meinen drei Menschen, auf die ich so sehnsüchtig gewartet hatte, bzw. am wichtigsten auf Burkhard!

So, nun überschlugen sich abwechselnd mein Herz und meine Gedanken.

Mutti sagte, *„lass uns sie wecken, damit sie drinnen noch ein bisschen in der Stube auf den Sofas schlafen können. Das sieht da drinnen im Auto nicht wirklich gemütlich aus, und wer weiß, was sie alles durchgemacht haben"!*

Wir klopften an die Scheibe und zeigten ihnen, sie sollen hereinkommen, was die Drei dann auch, völlig benommen, taten.

Mutti gab ihnen dann decken und zeigte, wo sie Schlafen können, und sagten ihnen, dass wir nachher über alles Reden werden. Alle drei sind buchstäblich umgefallen und schliefen sofort ein.

Leise machten wir die Tür zu und gingen wieder in die Küche.

Mutti und ich wir waren völlig verwirrt und rätselten, warum sie so spät angekommen sind und nahmen uns vor, sie danach zu fragen.

Was wir auch dringend machen mussten, in Berlin anrufen und Burkhards Papa Bescheid sagen. Jetzt wusste ich, das er wirklich sehr aufgeregt war und um seine Lieben natürlich auch Angst hatte!

Jetzt wusste ich auch, dass er das nicht gespielt hatte, mir war das eigentlich schon nach dem letzten Telefonat klar!
Während wir Tee tranken, machte Mutti plötzlich das Radio lauter, weil sie Berlin verstand und dann hörten wir im Radio, warum Burkhard, seine Mama und sein Freund so spät kamen, auch warum es kein Lebenszeichen die ganze Zeit gab.

Man erzählte, das Hunderte Westberliner in der Zonengrenze festsaßen, weil Willi Brand, der Bundeskanzler mit seiner Crew, sich in der Nähe aufhielt, und somit haben die „Vopos" den ganzen Verkehr aufgehalten und niemand hat davon erfahren!

Nun wussten wir, was los war, und das auch noch aus dem Radio. Und ehrlich gesagt, glaube ich auch nicht, dass wir das geglaubt hätten, wenn uns Burkhard das erzählt hätte, und die Eltern schon gar nicht.
Jetzt konnten wir erst anfangen uns zu freuen, bzw. eher ich.

Die übliche Arbeit war erledigt und dann haben wir alles für die Verlobungsfeier fertiggemacht, sind anschließend mit einem Tablett mit Tee für die Drei in die Stube und haben sie vorsichtig geweckt.

Burkhard und ich wir nahmen uns glücklich in den Arm, und obwohl wir uns gar nicht kannten, nahm auch seine Mutter mich in den Arm!

Am selben Nachmittag feierten wir Verlobung. Ich konnte es kaum fassen, nachdem was ich in den letzten Stunden durchgemacht hatte, und eigentlich schon nicht mehr daran geglaubt hatte.

Die Feier war schön, Burkhards Papa wusste nun auch Bescheid, und Burkhard und seine Mutter waren auch überrascht, und froh, dass man die Geschichte aus dem Radio erfahren hatte. Sie war ja wirklich unglaublich!

Jetzt hatten wir noch einen Tag und dann mussten die Drei schon wieder nach Berlin.

Uns fehlte jetzt die Zeit, die sie in der Zonen-grenze verbracht hatten, aber ich wollte mir nicht die kurze Zeit mit diesen negativen Ge-danken vermiesen lassen.

Der Abschied war da und mit dem Abschied eine Riesenüberraschung, womit ich im Traum nicht gerechnet hätte, Burkhards Mutti und sein Freund drückten mich zum Abschied. Ich war sehr traurig, aber dann kams, beide drückten Burkhard und verabschiedeten sich auch noch von ihm!

Und ich „hä", „ja", sagte Burkhard, „ich bleibe hier und meine Eltern schicken mir meine Sa-chen her."

Und ich dann „nein", er „doch", „nein", „doch"….

Auch meine Eltern schauten, als hätten sie sich verhört. Burkhard sagte aber, er hätte schon mit dem Gasthof gesprochen, wo ich immer angerufen habe, und der Gastwirt sagte, er kön-ne so lange da wohnen, bis er eine Wohnung gefunden hat. Denn natürlich konnte er nicht bei uns wohnen, dafür hatten wir keinen Platz, leider.

Ich hatte ja kein Zimmer für mich alleine, aber jetzt war ich erst mal der glücklichste Mensch der Welt.

*****

Die Tage vergingen, ich durfte mich jeden Tag
zwei Stunden mit Burkhard treffen. Da wir weder bei uns, noch in der Gaststätte uns treffen
durften, haben wir uns im Auto aufgehalten,
was er ja behalten hat, es war ja Seins. Seine
Mama und sein Freund sind zurückgeflogen.
Aber im Auto war es richtig gemütlich, wir
konnten wenigstens ein bisschen Kuscheln, ein
bisschen Knutschen und uns viel unterhalten.
Zum Beispiel auch über unsere gemeinsame
Zukunft, die wir uns ganz schön ausmalten!

Das der Anfang unserer „Zukunft" alles andere
als schön wird, um nicht zu sagen ein Alb-
traum, konnte wir natürlich noch nicht wissen!
Dass Erste was schief lief war, dass Burkhard
weder Wohnung noch Arbeit fand, und der
Kreislauf sah so aus: keine Arbeit - keine Wohnung – keine Wohnung – keine Arbeit!

Nachdem er das immer wieder versuchte, ent-
schieden wir nach langen Gesprächen, dass er
doch wieder nach Berlin zurückgeht, sein alter
Chef hatte ihm auch zugesagt, dass er wieder
bei ihm arbeiten könnte.

So traurig wir auch waren, es war erst mal die beste Lösung, und Burkhard versprach mir, dass ich zu ihm nach Berlin kommen könnte!
Darauf freute ich mich natürlich, aber ich hatte nicht mit dem Widerspruch meiner Eltern gerechnet, was sich schon bald böse herausstellte!
In der Zeit, die wir noch miteinander hatten, fing unsere Liebe eigentlich erst richtig an, beide hatten wir nun das berühmte Kribbeln in der Magengegend.

Oft verbrachten wir die Zeit hinterm Deich, das wurde unser Stammplatz, weil es doch ziemlich einsam war.
Burkhard kam dann auf die Idee, dass ich doch gleich mitkommen könnte, aber mir war klar, dass Mutti das nie erlauben würde!

Nachdem Burkhard mich immer wieder darum bat, fragte ich, mit heftigen Bauchschmerzen vor Angst, Mutti, ob ich mit ihm nach Berlin fahren kann, weil er hier keinen Fuß auf den Boden bekommt.

Ich dachte, Mutti springt mir ins Gesicht, ob ich nicht wüsste, dass ich erst 16 bin und dass man erst mit 21 machen kann, was man will, da man dann erst volljährig ist!

Als ich Burkhard sagte, was Mutti geantwortet hatte, sagte er *„ich ruf mal eben mein Vater an und frage ihn um Hilfe"*.

Doch der Vater holte uns wieder auf den Boden der Tatsachen und machte uns klar, dass ohne Einverständnis der Eltern und ohne Ausweis, (den hatte ich nämlich noch nicht), gar nicht durch die Ostzone kommt.

So, das wars. Gleichzeitig konnte ich mich auf noch schwierigere Zeiten zu Hause einstellen, wenn Burkhard wieder weg ist!

Nachdem wir uns am letzten Abend innig verabschiedet hatten, ging ich noch lange nicht ins Bett, sondern saß noch an meinem Fenster und konnte nicht aufhören zu weinen und mir den Kopf zerbrechen, wie es weitergehen sollte.

Am nächsten Tag kam Burkhard in der Früh noch mal vorbei, bevor er wieder nach Berlin fuhr.

Ewig lange hielt er mich im Arm und natürlich draußen vorm Haus, damit die Eltern uns nicht sehen.

Ich konnte gar nicht genug bekommen von den Küssen, und nun war es so weit, er musste los.

Ich stand noch lange da und sah ihn, mit einem Tränenschleier vor den Augen, hinterher, bis ich ihn nicht mehr sehen konnte.

Hinter mir brüllte Mutti und ich hörte nur den Satz *„mach, dass du rein kommst!"*

Jetzt begann für mich die Hölle, was mir nur Einfälle, als 16 jährige, mit einem 20 jährigen nach Berlin zu gehen? Ich wolle mich doch nur vor der Arbeit drücken und sie mit der ganzen Arbeit alleine lassen!

Nun verging kein Tag, wo sie mich nicht ärgerten, samt Geschwister. Es war kaum noch zu ertragen und ich schrieb mir alles von der Seele und schickte es Burkhard.

Der versprach *„wir kriegen das schon hin, lass mir etwas Zeit".*

Aber genau die hatte ich nicht, aber es ging erst mal so weiter. Wie immer, viele Briefe an Burkhard, ich aufpassen wie ein Schießhund, dass die Eltern nichts mitbekommen.

Denn, wenn sie jetzt lesen, was wir schreiben, ist alles aus!

Aber auch an Mutti ging das nicht spurlos vorüber, das ihre älteste Tochter weg wollte, und sie bekam eines Tages einen Herzanfall und musste ins Krankenhaus!

Ich denke, dass es nicht nur an mir lag, aber ich gab mir natürlich die Schuld. Jetzt war der Höhepunkt erreicht, irgendetwas musste jetzt geschehen.

Eine meiner Schwestern war mit Vati und Mutti im Krankenhaus, ich durfte ja nicht mit und somit fragte ich die Schwester, was Mutti so gesagt hat!

Was sie dann sagte, war der Schlüsselsatz, sie meinte: „ *Mutti hat gefragt, wie es dir geht, und als ich sagte, dir geht es gut* (also mir), *sagte Mutti nicht mehr lange* "!

Oh man, mir wurde heiß und kalt, das konnte nicht mehr gut werden, auch wenn ich es im Stillen hoffte.

Eines Abends erzählte ich alles der Schwester, die mir damals das Sinalco Spiel mitgebracht hatte, und fragte sie, was ich machen soll?

Wir sprachen fast die ganze Nacht und glaubten, die Lösung zu haben, sie wollte mir Helfen, es umzusetzen.

Am nächsten Tag, als Vati wieder ins Krankenhaus fuhr, schlich ich mich ins Elternschlafzimmer, sodass die kleineren Geschwister es nicht mitbekamen. Denn sonst erzählten sie es womöglich Vati oder Mutti, das ich in ihrem Zimmer war.

Leise machte ich die Tür zu und zog hinter dem Schlafzimmerfenster eine riesig große Kiste hervor, wo die Eltern sämtliche Papiere aufbewahrten. Ich setzte mich aus das Bett und suchte Stück für Stück die Papiere durch, um meine Geburtsurkunde zu finden, denn ohne die konnte ich keinen Ausweis machen lassen.

Nachdem ich zwei Stunden gesucht hatte, war mir klar, hier ist meine Geburtsurkunde nicht.

Es gab noch zwei Möglichkeiten, wo sie hätte sein können, und diese Möglichkeiten durchsuchte gleichzeitig meine Schwester.

Aber auch ihre Suche war ergebnislos, ich war völlig verzweifelt und der Zeitpunkt, dass Mutti nach Hause kommt, kam immer näher.

Burkhard schrieb mir noch mal eindringlich, ohne Geburtsurkunde und Ausweis, sowie ohne Erlaubnis der Eltern, geht das alles nicht. Somit mussten wir uns etwas einfallen lassen. Das war gut gesagt, aber was?
Meine Schwester und ich kamen auf eine Idee und uns blieb bzw. mir nichts anderes übrig.

Wir hatten eine Tante! Zwei Dörfer weiter hatte sie eine Nachtbar, und sie war auf unsere Eltern nicht mehr gut zu sprechen, weil sie nicht ertragen konnte, wie die mit uns Kindern umgingen.
Wir nahmen an, dass sie mir bestimmt helfen würde. Das Problem war nur, ich hatte keine Ahnung, wie ich sie finden sollte, und vor allem, wie ich da hinkommen soll. Immerhin waren es ca. 30 Km, Winter, ich ohne einen Pfennig (damals), für zu Fuß ziemlich weit, aber es blieb mir nichts anderes übrig.
Meine Schwester packte mir heimlich ein paar Sachen in eine Reisetasche und etwas zum Essen. Losgehen wollte ich dann abends, mein Stiefvater würde dann denken, ich schlafe schon und ich mir einen Vorsprung verschaffen.

Meine Schwester versprach, nichts zu sagen und Vati notfalls abzulenken!

Nun war es so weit, meine Schwester und ich schlichen uns leise aus dem Haus und ich mit dem Bewusstsein, nie mehr zurückzukönnen.
Das hört sich dramatisch an, und das war es weis Gott auch!

Mit meiner Tasche und mittlerweile 17 Jahren war ich nun sozusagen ausgerissen, ohne zu wissen, wie es weitergehen sollte, ohne Geld, ohne Geburtsurkunde, ohne Ausweis. Aber immer das Ziel, meine große Liebe und Berlin hoffentlich bald zu sehen.

*****

Es fing schon an dunkel zu werden. Nachdem ich voller Angst eine Stunde unterwegs war, auf dem Weg zu meiner Tante Christel nach Aurich, dachte ich *„was für eine dumme Idee, ich komme ja niemals in der Nacht an“,* und die ganze Geschichte kam mir plötzlich nicht mehr durchführbar vor!

Nun war es dunkel und kalt dazu, ich wusste nicht mehr, ob meine Zähne klapperten, weil es so kalt war, oder weil meine Angst so groß war. Angst vor dem Scheitern, angst, das Vati was gemerkt hat und mich sucht, und Angst, dass meine Tante mich gleich wieder zurückschickt!

Aber jetzt kam mir eine Idee, ich stellte mich an die Straße und versuchte mich als Anhalterin, wobei mir nicht im geringsten in den Kopf kam, dass das eventuell zu gefährlich war, so mitten in der Nacht. Ganz allein als junges Mädel, aber es blieb mir nichts anderes übrig, wenn ich überhaupt mal in Aurich bei meiner Tante ankommen wollte.

Bevor ich weiter darüber nachdenken konnte, hielt doch tatsächlich ein Auto an und fragte mich, wohin ich wollte.

Als ich ihm das sagte, meinte er nur, er wolle auch dahin und nimmt mich gerne mit.
Ich war, trotz meiner Angst, so was von froh, und auch schon völlig durchgefroren.
Der Fahrer fragte, warum ich nachts unterwegs war, so allein, und weil ich ihn, und er mich, nicht kannte, habe ich ihm meine Geschichte erzählt. Dabei viel mir auf, dass wir einen Waldweg lang fuhren und ich bekam es jetzt richtig mit der Angst zu tun!

Ich erzählte einfach meine Geschichte weiter, und überlegte dabei wie wild, was passieren könnte und was ich machen soll. Mein Herz klopfte so doll, dass ich glaubte, man könne es hören.
Ich war so mit meiner Angst, mit meinen Gedanken und meiner Geschichte beschäftigt, alles gleichzeitig, dass ich erst gar nicht merkte, dass wir wieder auf der Landstraße waren. Somit hatte ich umsonst Angst gehabt, auch, weil er mir sagte, ich sei ziemlich mutig, zu ihm ins Auto zu steigen. Aber vor ihm brauche ich keine Angst haben, und, ich weiß auch nicht war-

um, ich hatte auch keine Angst mehr! (Heute würde ich das nicht mehr machen!!)

Nachdem ich ihm erzählte, wohin ich wolle, meinte er, dass er weiß, wo das ist und sogar meine Tante kenne, weil er ab und zu in ihrer Bar ein Bierchen trinken gehe.
Ich war happy, als er mich direkt zu Tante Christel brachte, ich hätte die Bar ja auch noch suchen müssen, denn hier war ich ja noch nicht.
Als wir angekommen waren, sagte er zu mir, er möchte erst mal ohne mich reingehen und meine Tante rausholen. Es ist bestimmt nicht gut, wenn ein junges Mädel nachts in die Bar allein geht!
So, jetzt saß ich im Auto und wartete, bis meine Tante rauskommt. Ich war ganz aufgeregt, wie wird sie reagieren?

Nach ca. 10 Minuten kam meine Tante mit dem Fahrer zusammen raus und ihr Gesicht sah, meiner Meinung nach, erfreut aus!
Ich stieg aus, und bevor ich etwas sagen konnte, nahm sie mich in den Arm, drückte mich und sagte *„komm rein mein Kind, und erzähle, was los ist"*.

Obwohl ich todmüde war, erzählte ich in dieser Nacht das zweite Mal meine Geschichte, mit dem Unterschied, dass ich wusste, dass meine Tante die Situationen zu Hause bei mir kannte. Auch, dass sie schon lange nicht mehr zu Besuch kam, weil sie nicht ertragen konnte, wie die Eltern mit uns, am schlimmsten mit mir, umgingen, und somit hatte sie mir sofort ihre Hilfe zugesagt!

Sie zeigte mir, in ihrer Wohnung, wo ich schlafen konnte und dann wollten wir am nächsten Tag weiter reden. Tante Christel wollte überlegen, wie wir weiter vorgehen, beziehungsweise wie sie mir helfen könnte.
Ich glaube, ich bin noch nie so todmüde ins Bett gefallen wie in dieser Nacht!

Als ich am nächsten Morgen aufwachte, brauchte ich schon ein paar Minuten, bis mir klar wurde, wo ich bin. Nach dem ich es wieder wusste, überschlugen sich die Gedanken, ich war wirklich abgehauen, war tatsächlich bei meiner Tante und sie will mir wirklich helfen.

Ich war so froh und auch aufgeregt, wie es wohl weitergeht.

Am Frühstückstisch stellten sich mir noch einige Fragen, zum Beispiel auch zu meinen Papieren! Tante Christel konnte kaum glauben, dass es nicht einmal eine Geburtsurkunde gab, sie meinte auch, dass meine Eltern es schon geahnt haben müssen, dass ich weglaufe.
Somit haben sie die Geburtsurkunde verschwinden lassen. Das glaubte ich jetzt auch, nachdem mir einfiel, dass sie ja auch Briefe von Burkhard unterschlagen hatten!

Tante Christel sagte dann, bevor sie weiter entscheidet, was zu tun war, sie möchte erst mal Burkhard in Berlin anrufen und ihn fragen, ob ich wirklich zu ihm darf, ob er mich wirklich haben wolle.
Obwohl ich mir sicher war, dass Burkhard mich liebt, wie ich ihn, machte mich das plötzlich unsicher!

Was man dabei bedenken musste, dass beide Seiten, Burkhard wie auch Tante Christel, sich strafbar gemacht hatten, mich zu beherbergen. Immerhin war ich noch minderjährig, bis dahin fehlten mir ja noch 4 Jahre und zu dieser Zeit gab es auch noch das „Verkupplungsgesetz"!

Burkhard war am Telefon von den Socken, was ich gemacht hatte und sagte mir sofort jegliche Hilfe zu. Er konnte es kaum glauben, mich nun bald bei sich zu haben!
Er machte dann mit meiner Tante aus, dass er zuerst meine Geburtsurkunde besorgen wolle und dann wieder miteinander Telefonieren.

Einige Tage später kam tatsächlich meine Ersatzgeburtsurkunde aus Lübeck, wo ich geboren war, an. Ich konnte es kaum glauben, dass das so gut funktionierte.
Tante Christel rief Burkhard an und sagte Bescheid, dass die Urkunde angekommen ist! Burkhard meinte dann, wenn ich den Ausweis habe machen lassen, würde er mir Geld Überweisen für ein Flugticket.

Oh man, war das aufregend.
Um mich ein bisschen abzulenken und gleichzeitig bei Tante Christel für ihre Hilfe zu danken, machte ich ihren Haushalt.
Wenn ich nichts konnte, aber das konnte ich!

Nun lag mir schwer im Magen, dass ich nach Norden musste zur Polizei und meinen Ausweis beantragen.

Natürlich war die Gefahr sehr groß, das mich jemand sieht, denn mittlerweile wusste es wahrscheinlich das ganze Dorf, das ich weggelaufen bin.

Außerdem besteht auch noch die Gefahr, dass die Polizei mich wieder zurück zu den Eltern bringen würde, weil die mich eventuell als vermisst gemeldet hatten.

So blieb mir nun nichts anderes übrig, als es zu wagen! Das Einzige was jetzt einfach war, Tante Christel gab mir Geld, um mit dem Bus hin und wieder zurück zu fahren.

Ich war so voller Angst, dass es kaum richtig an mein Bewusstsein drang, was ich da tat, als ich in den Bus stieg. Von da an kam ich mir vor wie im Traum, wie in Trance, wie ferngesteuert Ging ich meinen Weg, und als ich wieder im Bus zurück zu Tante Christel saß, viel alles von mir ab, der ganze Ballast, niemand hatte mich gesehen und die Polizei wusste offensichtlich auch nichts!

Ich weinte lange im Bus, alles viel von mir ab und meine Tränen wollten nicht versiegen.

Als ich ausstieg, hatte ich ein richtig leichtes Gefühl und erzählte freudestrahlend meiner Tante von diesem Tag.

Aber als sich alles setzte, wurde mir bewusst, dass ich ja noch einmal da hin musste, um den Ausweis abzuholen. Mist!

Aber auch das hatte ich eine Woche später überstanden und hielt jetzt den Ausweis in meinen Händen.

Einige Tage später hielt ich dann auch, dank Tante Christel und Burkhard, ein Flugticket nach Berlin in der Hand!

Das vorerst Letzte, was meine Tante für mich tat, war, dass sie mich nach Bremen zum Flughafen fuhr. Ich konnte mich gar nicht genug bei ihr bedanken, und sie sagte, sie habe das für mich gerne getan und außerdem bereite es ihr Vergnügen, meinen Eltern eins auszuwischen!

Obwohl man mir nichts erzählte von ihrem Streit mit den Eltern, konnte ich trotzdem eins und eins zusammenzählen. Aber egal, wir verabschiedeten uns und ....ich saß im Flugzeug. Das erste Mal!

Es war unglaublich, was alles hinter mir lag, und erst recht, was jetzt vor mir lag!

Ich sitze in einer Propellermaschine von der Airline „Britisch Airways", auf den Weg nach Berlin-Tempelhof!
Bevor ich im Flugzeug einnickte, dachte ich noch, wenn ich angekommen bin, muss ich gleich meine Tante anrufen und mich noch einmal bedanken. Außerdem müsste ich meiner Freundin dringend schreiben, was alles passiert ist, und wo ich bin, dann kann ich ihr auch gleich noch einen Brief an meine Schwester, die mir geholfen hat, mit hineinlegen.

Ich wachte auf, es war der 21.03.1971 und ich landete in Berlin, endlich bei meiner großen Liebe, endlich bei Burkhard!

Fortsetzung (?)

1971

Weitere Bücher von Karin Hübner

One Way nach Mallorca

ISBN: 978-3746047522

Verlag: BoD

Der Hundehimmel muss noch warten

ISBN: 978-3741290343

Verlag: BoD

Ich wollte Dir noch soviel sagen

ISBN: 978-3746026220

Verlag: BoD

Aufbruch

Verlag: Bod E.Short

Über www.Skoobe.de

Karin Hübner, Autorin, ist in Lübeck am 11.11.1953 geboren, hat 1972 in Berlin geheiratet. Sie hat 3 Kinder und daraus 7 Enkel.

In Berlin war sie 20 Jahre selbständig mit einer Wäscherei. 2003 ist sie mit ihrem Mann nach Mallorca ausgewandert. Als ausgebildete Dipl. Ayurveda Masseurin arbeitete sie in zahlreichen Hotels und hat jetzt begonnen Bücher zu Schreiben.

Nun lebt sie mit Ihrem Mann, beide Rentner, glücklich auf Mallorca.